기획의 말

그리운 마음일 때 'I Miss You'라고 하는 것은 '내게서 당신이 빠져 있기(miss) 때문에 나는 충분한 존재가 될 수 없다'는 뜻이라는 게 소설가 쓰시마 유코의 아름다운 해석이다. 현재의 세계에는 틀림없이 결여가 있어서 우리는 언제나 무언가를 그리워한다. 한때 우리를 벅차게 했으나 이제는 읽을 수 없게 된 옛날의 시집을 되살리는 작업 또한 그 그리움의 일이다. 어떤 시집이 빠져 있는 한, 우리의 시는 충분해질 수 없다.

더 나아가 옛 시집을 복간하는 일은 한국 시문학사의 역동성이 드러나는 장을 여는 일이 될 수도 있다. 하나의 새로운 예술작품이 창조될 때 일어나는 일은 과거에 있었던 모든 예술작품에도 동시에 일어난다는 것이 시인 엘리엇의 오래된 말이다. 과거가 이룩해놓은 질서는 현재의 성취에 영향받아 다시 배치된다는 것이다. 우리는 현재의 빛에 의지해 어떤 과거를 선택할 것인가. 그렇게 시사(詩史)는 되돌아보며 전진한다.

이 일들을 문학동네는 이미 한 적이 있다. 1996년 11월 황동규, 마종기, 강은교의 청년기 시집들을 복간하며 '포에지 2000' 시리즈가 시작됐다. "생이 덧없고 힘겨울 때 이따금 가슴으로 암송했던 시들, 이미 절판되어 오래된 명성으로만 만날 수 있었던 시들, 동시대를 대표하는 시인들의 젊은 날의 아름다운 연가(戀歌)가 여기 되살아납니다." 당시로서는 드물고 귀했던 그 일을 우리는 이제 다시 시작해보려 한다.

기획의 말

그리운 마음일 때 'I Miss You'라고 하는 것은 '내게서 당신이 빠져 있기(miss) 때문에 나는 충분한 존재가 될 수 없다'는 뜻이라는 게 소설가 쓰시마 유코의 아름다운 해석이다. 현재의 세계에는 틀림없이 결여가 있어서 우리는 언제나 무언가를 그리워한다. 한때 우리를 벅차게 했으나 이제는 읽을 수 없게 된 옛날의 시집을 되살리는 작업 또한 그 그리움의 일이다. 어떤 시집이 빠져 있는 한, 우리의 시는 충분해질 수 없다.

더 나아가 옛 시집을 복간하는 일은 한국 시문학사의 역동성이 드러나는 장을 여는 일이 될 수도 있다. 하나의 새로운 예술작품이 창조될 때 일어나는 일은 과거에 있었던 모든 예술작품에도 동시에 일어난다는 것이 시인 엘리엇의 오래된 말이다. 과거가 이룩해놓은 질서는 현재의 성취에 영향받아 다시 배치된다는 것이다. 우리는 현재의 빛에 의지해 어떤 과거를 선택할 것인가. 그렇게 시사(詩史)는 되돌아보며 전진한다.

이 일들을 문학동네는 이미 한 적이 있다. 1996년 11월 황동규, 마종기, 강은교의 청년기 시집들을 복간하며 '포에지 2000' 시리즈가 시작됐다. "생이 덧없고 헐거울 때 이따금 가슴으로 암송했던 시들, 이미 절판되어 오래된 명성으로만 만날 수 있었던 시들, 동시대를 대표하는 시인들의 젊은 날의 아름다운 연가(戀歌)가 여기 되살아납니다." 당시로서는 드물고 귀했던 그 일을 우리는 이제 다시 시작해보려 한다.

검은 고양이 흰 개

문학동네포에지 029

곽은영 시집

검은 고양이 흰 개

시인의 말

누구나 자기만의 78장 카드를 가지고 있다
나는 당신에게 스물두번째 메이저 카드를 건네고 싶다

2008년 5월
곽은영

개정판 시인의 말

기록하는 순간, 처음이 된다

2021년 7월

곽은영

차례

시인의 말 5
개정판 시인의 말 7

1부
불한당들의 모험 1 13
불한당들의 모험 2 15
불한당들의 모험 3 17
불한당들의 모험 4 19
불한당들의 모험 5 22
불한당들의 모험 6 25
불한당들의 모험 7 27
불한당들의 모험 8 29
불한당들의 모험 9 32
불한당들의 모험 10 34
불한당들의 모험 11 38
불한당들의 모험 12 41

2부
벽의 견해 47
고양이 헨리 4세 50
셀프 포트레이트 52
줄무늬 마야 54

스탕달 신드롬 2 56
너는 59
고양이 헨리 4세를 위한 부록 60
달콤씁쌀한 어둠 62
겨울 별자리의 복화술 64
무화과 66
불새 68
고양이 구출 작전 69
머리통이 도토리 같았던, 72
파란 뱀과 한철 74
비정형 사춘기 76
투명인간의 여행 가방 78
소녀와 소녀 80
불량 엽서 82
낯설지만 뻔한, 84
악어의 꿈 86
불 꺼진 메리고라운드 88
롤리타 그루피 90
스탕달 신드롬 92
스탕달 신드롬 3 94
회중시계 96
야구하기 괜찮은 계절 98
점핑 19세 100
그 집은 변기가 문제 102

아홉 개의 가을 아이콘 104
스타세일러 106

1부

불한당들의 모험 1

1

손가락 사이에 칼을 끼우고 시답잖은 내기를 하던 삼촌들은 문을 열고 들어올 때마다 얼굴이 변해 있었다 그들의 귀환을 세기 위해 열 손가락을 다 접었을 때 이제 내가 떠날 차례였다 불한당 삼촌들의 명랑한 모험을 들어볼 순서였다 그러나 안녕, 이제부터는 나의 모험을 말할 거야 툭 튀어나온 광대뼈를 향해 악수 대신 펀치를 날리고 집을 나섰다 첫번째 모험은 어른이 되기 싫은 어른과 함께였다 야라고 불러야 할지 아저씨라고 불러야 할지 망설였지 뛰어가는 개구리를 먼저 잡는 쪽이 맘대로 정하자구 땡 달렸으나 어른이 되기 싫은 어른은 개구리를 따라가 돌아오지 않았다 끝이었다 모험의 시작은 시시했다

2

나는 아이도 아니고 어른도 아니야

그래서 연애에 실패했지 수수깡을 꺾어 안경을 쓰는 것은 시시해졌을 나이 바보 같은 애인들은 나를 축축하다고 말했다 찝찝한 단어였다 떠난 당신들이 쓴 종이를 씹으며 입술을 검게 물들였다 우하하 당신들이 타넘은 꽃의 줄기마다 얼룩점이 있는 것은 몰랐을 거야 검은 침을 찍어 벽에 문질렀어

뻔뻔한 태양이 동서남북 감시하는 유창함 속에 울음을 터뜨리기엔 못마땅한 나이

3

너는 연애를 하면 언제쯤 돌아서고 싶니
1단계는 다 똑같아 그다음에 결정하지
길고 지루한 준비운동은 싫어 바로 2단계로 가자고 할지 바이바이라고 할지 망설일 때 개가 그림자를 한입 베어 물고 사라졌다
풀이 흘리는 땀냄새가 지독한 여름이었다

4

모험은 모험이다
두 번 그대들을 울리고 내가 세 번 운 뒤 독신자와 채식주의자의 파티에 참석했다
파티의 끝은 김빠진 리본과 저희끼리 코를 박고 쓰러져 있는 술병들
내가 말할 수 있는 것은 늙어가고 있으나 그것이 무엇인지 모르겠다는 것
가짜 트리에 양초를 꽂고 생일을 훅 불었다
세상의 끝은 이름 모를 짐승들의 땅 그러나 나는 칼을 쓰지 않겠다

불한당들의 모험 2

헐렁한 가방을 베고 잠든 밤 서커스단을 탈출한 사자가 다가왔다 미안 비스킷이 다 떨어졌어 남은 건 버찌 몇 알뿐이야 시무룩해진 사자는 버찌를 핥아먹고 울기 시작했다 너는 다 자랐는데 사냥할 줄 모르는구나 서커스 사자는 말라 있었다 나는 심장 절반을 떼어주었다 아프구나 이렇게 아픈 줄 몰랐어 심장을 받아먹은 사자는 고개를 돌렸다 나는 사자에게 밤새 기대었고 사자의 심장은 울고 있었다 울보 사자와 함께 서커스단에 갈 수 없어서 이른 아침 우리는 헤어졌다 사자는 검은 수염을 뽑아 수줍게 가방에 넣어주었다 그의 뒷모습을 보다가 나침반을 집으로 맞추었다

어둡고 딱딱한 구두들의 집은 열쇠도 그대로 다들 뻐꾸기시계처럼 벽에 붙어 잠들어 있었다 해가 뜨자마자 새로 태어난 조카와 동생이 고함을 질렀다 척척해 기저귀를 갈아줘 척척해 누가 누군지 구별이 되지 않아 한 명의 기저귀에 검은 수염을 꽂아주었다 아이는 신이 나 사자처럼 으르렁 놀란 숙모가 달려와 조카를 안아올렸다 덕분에 동생을 알아볼 수 있었다 기저귀 동생은 네발로 기어와 졸랐다 네 아들이라고 말할게 나를 데리고 떠나줘 넌 너무 어려 바보 너도 어렸을 때 떠났어 나는 가방에 동생과 기저귀를 담아 길 위에 구두를 올려놓았다

아이는 명랑했으나 무서웠다 가방의 덜걱거림을 참지

못하고 야단을 쳤다 캥거루처럼 가방에서 뛰어나와 제 발로 걸었다 늘 꼭 쥔 주먹 안에 무엇이 있는 걸까 아이는 나와 악수를 한 적이 없구나 야구 미트를 사줄까 철컥 철컥 공놀이를 하는 거야 순식간에 나보다 커진 아이가 말했다 너무 시시해 가방을 줘 담배를 담아야겠어 내 멋진 콧수염을 자랑할 거야 씩씩하게 떠나는 아이의 얼굴은 나와 닮지 않았다 그래도 절반뿐인 심장이 조금 아팠다

하루종일 우리의 투덕거림을 보던 나무의 그림자가 길게 팔을 내밀었다 팔베개를 하고 누워 사자를 생각했다 울보 사자는 어디에 있을까 울퉁불퉁 땅도 하늘처럼 훤히 볼 수 있으면 좋을 텐데 철새도 시계추처럼 익숙한 길을 오고 갈 뿐 구두끈을 고쳐 묶고 나침반을 사자로 맞추었다 호주머니에 버찌를 가득 담자 다시, 용감해졌다

불한당들의 모험 3

하늘과 바닥의 거리를 재는 눈폭풍이 그치지 않는 땅 아픈 심장이 더 아팠던 날 울보 사자를 만났다 우리는 서로를 알아보았으나 사자는 얼굴이 조금 변해 있었다 실밥이 풀린 목도리를 하고 있었다 너를 찾아왔어 사자는 금방 얼굴이 빨개졌다 바람은 계속 눈을 날렸고 발자국도 남기지 못한 채 얼마나 걸어야 할지 가늠도 못한 채 우리는 걷기 시작했다 우리는 아직 이름을 모르는구나 널 뭐라고 불러야 할까 사자는 목도리로 입을 가리며 말했다 나머지 절반의 소리는 바람이 날렸다

두 개의 주사위처럼 터널 앞에 앉아 버찌를 꺼냈다 몇 알이 거짓말처럼 싱싱해서 웃음을 터뜨렸다 입안에 상큼함이 감도는 동안은 울보였던 사자 그대로구나 해가 지고 눈발이 더 하얗게 세상의 격자를 그리자 사자는 꼬리를 비벼 불을 피웠다 알쏭달쏭한 불빛 아래 찬찬히 훑어본 꼬리는 바스라져 있었다 어쩌면 이제 사자가 아닌지도 몰라 사자는 나에 대해 물어보지 않았다 옛날처럼 사자를 베고 누워 잠들었다

어쨌든 추위에 익숙하지 않은 나는 떠나야만 했다 너의 이름은 이 땅에 없는 것 같아 사자는 발톱을 만지작거리다가 검은 눈빛으로 허공을 쟀다 이틀 사흘 일주일 우리는 걷고 걸어서 터널로 들어갔다 웃음소리는 달팽이처럼 몸을 말면서 누군가 켜둔 길잡이불의 심지들을 돋우

어주었다 터널 안은 눈도 없고 해도 없어 우리가 우리의 시간을 만들어야 했다 서로의 발소리에 귀가 완전히 젖었을 무렵, 벚꽃이 떨어지는 입구에 섰다

사자에게는 나비를 좋아하는 구석이 있었다 나는 맨발을 좋아했다 냇물에 발을 담그고 낡은 구두를 떠내려 보냈다 구두 대신 날개를 달 수 있을까 중얼거림을 뭉쳐 뻐꾸기처럼 새둥지에 넣었다 사자가 따온 열매를 먹으며 맨발을 그을린 몇 날 처음 만난 길동무가 개구리를 따라갔듯 사자는 나비를 따라갔다 그를 기다리다가 바닥에 떨어진 채 깨져버린 중얼거림을 주웠다 모서리 방울방울 맺힌 피 내게도 이름이 필요한 때가 왔다 나는 바람구두를 신었다

불한당들의 모험 4

1

사육제의 왕이 물었다
너는 사생아인가
더러워진 머리칼을 손끝으로 빗으며 대답했다
잘 모르겠습니다
너는 어머니와 아버지의 성을 알고 있는가
코를 만지며 대답했다 네
기묘하구나 성을 알면서 사생아임을 모르다니 왕이 되기 위해 왔는가
아닙니다 나는 또박또박 대답했다 여섯번째 일곱번째 여덟번째 왕의 조롱
너는 바보임에 틀림없다 오늘부터 말똥을 치우도록
지푸라기 왕관을 쓴 사육제의 왕이 명령했다
시종을 맡고 있는 팔백번째 왕이 양동이와 빗자루를 가져왔다

2

매일의 퍼레이드를 벌이는 말들은 아무데나 똥을 누었다
오래된 축구장은 그들의 집이었고 치워지지 않은 똥은 스탠드의 의자만큼 딱딱하고 수북했다
해가 지기도 전에 내게서 말똥 냄새가 났다 나의 잠자리도 오래된 축구장이 되었다

3

하늘이 시뻘건 입을 벌리면 스무 마리의 말이 아름다운 마구를 달고 왕을 태우기 위해 축구장을 떠났다 사생아들의 사육제 행렬 맨 앞에 선 것은 번쩍이는 칼을 뽐내는 내일의 왕 썩은 배추와 붉은 장미가 동시에 던져졌다 북소리를 밟으며 악대가 지나가고 광대와 무희가 지나가고 요리사들은 술과 음식을 날랐다 오라 오라 이곳은 사육제의 땅 자정이 되면 오늘의 왕은 죽을 것이다 술에 취한 왕은 망가진 플레이어처럼 명령을 내리고 내렸다 유언은 숭고한 법이다 타오르는 웃음소리에 둘러싸여 말들은 묵묵히 서 있었다 서서 푸들푸들 똥을 쌌다 모두 왕이 되기 위해 온 사생아들 오늘은 달이 뜨지 않았지만 칼은 올라갈 것이다

4

축구장의 말들은 시도 때도 없이 교미했다 말먹이꾼도 매일 바뀌었다 오늘의 말먹이꾼은 곧 요리사이거나 정원사일 테지 나는 유능한 말똥 청소부가 되었다 양동이 대신 삽과 수레를 끌며 축구장을 돌고 돌았다 다리가 아프면 골포스트에 기대었다 축구장 위 하늘에는 구름이 왔다가 가고 말과 서쪽 하늘을 향해 농담을 날릴 정도가 되었을 때 가장 늙은 말이 죽었다 늙은 말은 죽기 며칠 전부터 잠자리에 똥을 쌌다 왕들이 죽는 것은 결코 슬프지 않았지만 늙은 말의 죽음은 슬펐다 그는 칠천삼백 명의

왕이 쓴 사육제 역사의 증인이었다 그날 나는 말똥을 치우지 않았다

5
그림자가 많이 길어졌구나
축구장 밖의 나무는 얼마나 더 컸을까

6
……

7
말들을 풀어주었다
나는 추방되었다

8
돌아갈 곳 없지만 나는 말똥과 죽음에 대해서는 웃을 수 있다

불한당들의 모험 5

그대가 이름을 알려주기 싫은 것은 그대 이름이 떠도는 것을 보고 싶지 않아서

딴 뜻은 없어 뭐랄까 꼬리 잘린 앵무새가 엉터리 춤을 추는 것 같거든
여기까지 말하고 그대는 입을 다물었다 눈을 질끈 감고 1초 2초……
시뻘건 따귀를 기다렸으나 두 볼을 얼얼하게 만든 것은 초록색 새끼손가락양의 키스

—당신의 속눈썹은 길고 까매요 내가 당신의 이름을 지어주겠어요, 콩씨

그래서 그대는 콩이 되었다

초록색 새끼손가락양은 콩에게 매일 물을 주었다
콩에게 매일 깨끗한 바람과 햇빛을 주었다
그대는 낡은 갈색 가방에 담겨 초록색 새끼손가락양을 기다렸다
콩은 늙어가고 있었으나 동시에 털북숭이 덩굴손이 자라고 있었다

초록색 새끼손가락양은 몰라보게 아름다워졌다

장미가 붉은 입을 벌리고 알 수 없는 주문을 외워대는 계절이었다
긴소매 옷을 입은 그대는 귀를 막았다
그러나 덩굴손은 낄낄거리며 밤마다 창을 넘어 장미의 숲을 헤집고 다녔다
배어나온 피는 비릿했으나 싫지 않았다
더이상 피맛은 알고 싶지 않아 고의로 술에 취해 잠이 들었다

—당신, 붉은 콩이 되었어요
초록색 새끼손가락양은 걱정스럽게 쳐다보았다 그대는 얼굴을 돌렸다
소풍을 가요 새파란 하늘이 시원하게 해줄 거예요

퍼레이드의 여자들이 거위털 모자를 쓰고 행진하던 날
둥둥 떠다니는 하얀 거위 궁둥이를 향해 그대가 오리 변기를 쓰고 손을 흔들던 날
초록색 새끼손가락양은 빛나는 여왕 장미 복장으로 그대 곁에
소매 속 감추어온 덩굴손이 그녀의 목을 감고 입속으로 파고들어갔다
퍼레이드의 여자들이 날린 거위털이 마구 날아올랐다

미안해 미안해 이 손은 엉망이야

초록색 새끼손가락양은 울고 있었다
벌린 그녀의 입속에 까매진 혀가 시든 열매처럼 달려 있었다
하얀 거위털이 사방에서 쏟아져내렸다

그대는 더이상 콩이 아니었다
여기 더러운 짐승들의 땅에서 그대는 더이상 콩이 아니었다

불한당들의 모험 6

—사랑에 미친 가님

나는 내가 하는 것을 사랑이라고 믿으며
내가 하는 것을 한다

고양이 울음소리가 여전히 낭만적인 밤
고양이도 외롭기 때문에 울고 있지
호주머니를 뒤집어 붉은 스티치를 확인할 때까지
당신들에게 선물을 했다
파란 뱀에게도 달걀을 선물했다
먹어봐 한 번도 보지 못한 바다 맛이 날 거야

왜 안 되겠는가
좁은 나의 침대는 여전히 딱딱하고
나의 혀는 여전히 하나인데

사랑에 미친 가님, 다들 나를 그렇게 불렀다
사랑에 미친 가님, 나를 부르는 이름이었다
그것은 얼간이라는 뜻이거나 봉이란 뜻이었다

엄마들은 안경을 고쳐 쓰며 아이에게 말했다
너희는 가님처럼 살면 안 돼
아이는 뒤를 돌아보았고 나는 윙크를 던졌다
병신, 혀를 쏙 내밀고 가는 녀석도 있었으나 여전히 윙크를 보냈다

그러나 왜 안 되겠는가
나의 별자리가 죽음의 문턱일 뿐이고
그대들의 마지막 순간에 내가 그대들 손을 잡고
그 문을 열어줄 텐데
굿바이라는 말보다 더 간절한 말을 지금 할 뿐인데

검은 모자의 사내가 딱 한 번 물었다
가님 당신은 무엇을 선물로 받고 싶소
주저함이 없는 나는 정중하게 대답했다
에덴의 불칼
건방진 것, 넌 미쳤을 뿐이야
그럴지도 몰라 하지만 왜 안 되겠는가
나의 별자리는 죽음의 문턱일 뿐이고
당신들이 마지막 순간에 가장 듣고 싶은 말을 지금 할 뿐인데

그날 나는 콧노래를 부르며
사랑을 모독한 죄로 비릿하고 시원한 바람과 오만하게 놀았다

사랑에 미친 가님
사랑에 미친 가님
나는 내가 하는 것을 사랑이라고 믿으며
내가 하는 것을 한다

불한당들의 모험 7
—La Llorona*

우리가 네 개의 별자리에 앉아 가위바위보 서로의 주사위를 굴렸을 때
더 멀리, 더 멀리 있는 좌표를 가리키는 당신의 주사위

미워, 너구리처럼 내가 날름 던져버렸을 때
낭패감을 감추지 못했던 당신은 입안에 침묵을 탁, 털어넣어버렸다

계절은 오고간다
좋은 계절이건 싫은 계절이건, 차라리 나를 떠나라

당신과 마주앉은 식탁에서
당신이 삼켜야 하는 불편한 시계 소리

마주선 검은 태양이 울고 있었다
뚝뚝 떨어지는 진득한 피를 두 손으로 받아내야 했던 멀건 대낮

요로나, 요로나

해가 지면 나는 습한 꿈을 꾸고 딱딱해진 밥알 위로 벌레가 기어가겠지만
애초에 고무나무처럼 넓은 잎을 매일 밀어올릴 수만 있었다면,

계절은 오고간다
매번 주사위처럼 울퉁불퉁 굴러서 여기까지 왔다

묵묵히 나를 받아준 것은 외눈박이 어둠
매번 모험이 불편한 것은 아니었다 단지 지금 내 뜻대로 되지 않는 세계를 마주하고 있을 뿐

바람에, 등을 맡기리라 오늘은

* 차벨라 바르가스, 〈라 요로나〉.

불한당들의 모험 8
—초록색 항로

1

빨간 눈으로 검은 새벽을 걸어 첫 비행기를 탔다.

초록색 새끼손가락양과 함께. 오늘은 혼자 침대에서 농담을 던졌다.

서울을 벗어날 때 좌석은 언제나 F석.

비행기의 맨 오른쪽에 앉으면 바다를 볼 수 있어.

초록색 새끼손가락양은 저게 바다인가요, 저건 하늘이 이어지고 있는 거예요.

오늘은 안개가 많이 피었어. 그래서 색깔이 똑같은 거야.

초록색 새끼손가락양의 손톱은 모두 색깔이 똑같아요. 그래도 손가락은 다 달라요.

그리고 공중에 떠 있는 진저맨 같아요. 쿠키 안 가져왔어요?

초록색 새끼손가락양은 익숙한 항로지만 전혀 익숙해지지 않았다.

2

나는 사실 길에서 태어날 뻔했다고 한다. 그러나 정확하지 않다.

아빠는 내가 7시에 태어났다고 하고 엄마는 내가 7시 반에 태어났다고 한다.

죽은 할머니는 내가 6시 반에 태어났다고 한다.

실수를 누군가는 하고 있는 것이다.
그러나 무시한다.
정확한 것은 내가 바다를 사랑한다는 것.
그래서 내가 사랑하는 모든 것에 바다를 붙인다.
내가 사랑하는 모든 것에 바다를 보여주고 싶어한다.
아, 바다 같구나, 너에게서 바다 냄새가 나는구나.

초록색 새끼손가락양은 까만 눈으로 나를 보며 코를 팠다.
너무 감상적인 거 아니에요?

3

죽은 초록색 새끼손가락양과 함께 비행기를 타는 일은 낭만적이다.

4

다시 사랑을 시작할 건가요? 초록색 새끼손가락양이 물었다.
응. 내가 대답했다.
언제나 사랑을 하고 있었잖아요? 초록색 새끼손가락양이 물었다.
응. 내가 대답했다.
그건 모두 같은 뜻인가요? 초록색 새끼손가락양이 물었다.

응. 내가 대답했다.

5

랜딩. 한꺼번에 돌진하는 새떼를 바라보는. 숨막힘. 들이닥치는 중력과 바람.

명랑하던 초록색 새끼손가락양은 이제 눈을 뜨지 못한다.

나는 왼쪽 귀에 대고 조용조용 말한다.

초록색 새끼손가락양. 나는 사랑을 확인하지 않아.

내가 하는 것을 사랑이라고 믿으며

내가 하는 것을 할 뿐이야.

너무나 졸려하는 초록색 새끼손가락양은 겨우 대꾸했다.

미쳤어요.

그리고 초록색 새끼손가락양은 잠이 들었다. 언제 깰지 모르는 잠.

응. 내가 대답했다.

서울로 돌아올 때 좌석은 언제나 A석.

불한당들의 모험 9

당신의 불이 꺼져가고 있었다

계절은 오로지 겨울밖에 없어서 길고 좁은 창문은 여전하구나
쿨럭이면서도 나를 알아보는 당신, 나는 스스로 아름다워지기 위해 떠났다

우아하지 못한 세계, 우리는 불을 좋아해서 만났을 뿐인데
나는 불쏘시개처럼 검은 눈물을 흘리며 당신의 아궁이를 지켰지

냄새나는 털가죽을 뒤집어써야만 하는 것은 아름답지 않아
밑바닥에서 수군거리는 차가운 바람은 이제 그만
작별 인사도 없이 떠나는 것이 나였음을 당신은 몰랐을 뿐

그러나 당신의 불이 꺼져가고 있었다
몇 알의 동전을 던져 불을 살릴 수도 없을 만큼
유일하게 견고해서 무시무시한 당신의 검은 아궁이
이제 당신이 마지막 장작이 되어야 할지도 모르지

우아하지 못한 세계, 나는 한 방울의 눈물도 던져줄 수

없게 되었다
말랑말랑했으나 욕심 많은 당신의 불에 구워져 딱딱한 그릇으로 뒹굴지 않았던가

하얗게 말라버린 당신, 내게서 잔인함을 읽는구나
그럴지도 모른다 산을 넘으면 곰들의 땅이고 살아남으려면 잔인해져야 한다고
당신이 가르치지 않았던가

나는 복수를 위해 오지 않았다
계절은 오로지 겨울밖에 없는 이 땅에 한없이 던져놓은 눈길을 거두기 위해 왔을 뿐

작고 소박한 눈이 나뭇가지를 뚝뚝 부러뜨리는 소리는 여전하구나
맑은 햇빛 속으로 나는 다시 미끄러져 돌아갈 것이고

당신을 얼어붙게 만든 나의 무표정도 이제는 하나의 표정
침묵의 제대로 된 작별 인사를 하는 것도 이제는 하나의 매너

불한당들의 모험 10

1

처음 만났던 날부터 당신을 조각내었다
함께 떠나고 싶었기 때문에
당신을 온전히 담아갈 수 없다는 것을 알았기 때문에
매일 밤 당신을 잘라내었다
그리고 울었다

2

나는 당신의 손, 당신의 발, 당신의 무릎, 당신의 가슴을
여덟 개의 트렁크에 담았다
통후추를 싫어한 당신 때문에 월계수 잎을 바닥에 깔고 신선한 비닐을 한 겹 더 깔았다
헬리콥터가 높이높이 올라가자 당신의 손이 물었다
얼마나 가야 해?
아직 하늘을 세 개밖에 건너지 않았어요
당신의 손은 하품을 하며 잠이 들었다

잘 널어놓은 구름 위로 어린 내가 더 어린 당신이, 낚싯대를 메고 걸어가고 있었다
내 손에 들린 양동이에는 빨간 장갑이 담겨 있고
깔깔거리는 당신의 웃음이 찰랑거리고
꾸들꾸들해진 구름 한 덩어리 뛰어 건너자
굳은 얼굴의 당신이, 주름진 내가 그냥 서 있었다
나는 고개를 돌렸다

3

평생 고기를 썰어온 정육점 주인이 자신을 랩으로 말아 붉은 고기 써는 기계에 다리부터 밀어넣었다는 내용은 아주 숭고했다

4

중력을 이기고 날아오르기 위해 비행기는 초월적인 힘으로 달린다

지상으로 곤두박질치지 않기 위해 초월적인 힘으로 달린다

당신의 발이 중얼거렸다

가볍게, 어떻게 사랑이 무거울 수 있지?

당신의 가슴이 말했다

커다란 프로펠러를 향해 돌진할 수 있었다면 아마 공중 계단을 밟았을지도

당신의 무릎을 껴안고 내가 중얼거렸다

우린 우리의 무게를 견뎌야 해요 곧바로 서 있으려면요

당신의 무릎이 다정하게 대답했다

당신의 손은 아무 말 없이 곤히 자고 있었다

아무 말 없이

5

무럭무럭 김이 나는 허공

우리가 하늘로 띄워 보낸 날씨 인형들이 둥둥 떠다녔다
하나씩 하나씩 비를 머금고 아득한 저 아래로 내려갔다

이제 다 온 것 같아요 당신은 준비가 되었나요?
응. 당신의 발이 대답했다
나는 조그만 낙하산을 단 당신의 발을 허공으로 보내주었다
풍선을 잔뜩 단 당신의 가슴을 보내주었다
커다란 우산을 꽂은 당신의 무릎을 내려주었다
가장 아름다운 날씨 인형을 매달아 당신의 손을 놓아주었다

안녕, 공중 계단을 따라 아주 맑은 곳으로 가길 바라요
무한한 신성의 땅…… 그런 곳
안녕, 나는 너무 무거운 존재였나봐요 이제 같이 갈 수 없어요
프로펠러 소리에 온몸이 덜덜 떨려요
살덩이가 잘근잘근 씹히는 것 같아요

천천히, 당신이 떠나고 있었다

6
혼자 타는 시소처럼 한쪽으로 기울었던 우리들 사랑의

중력—그것의 무게는 얼마일까
　자신을 썬 정육점 주인은 자기애의 중력을 알았다고 본다

불한당들의 모험 11

초록색 안개 사이로 종소리가 들리고 대포 소리가 들리고 찰박거리는 발소리를 내며 하얀 모자를 쓴 소녀와 소년들이 매일 광장을 지나갔다 하얗고 작은 손을 마주잡은 채 부자들은 새로운 묘지를 위해 과수원과 목장을 내놓아야 했다

당신과 나는 우리만의 하얀 모자를 쓰고
이리저리 흘러다녔다
흘러다녔다

모자의 상징—그것이 무엇이건 간에
하얀 모자, 깊고 넓은 침묵의 반경을 거느린 것
모자의 상징—명징해서 잠깐이면 충분한 시선

콜레라는 도시의 한복판에서 터져나왔다 집집마다 장례를 치렀다 서로가 서로의 정부였기 때문에 장례식은 골칫거리였다

타오르는 원색의 나무 속 당신은 뜨거운 언어를 몸에 새겼고
나는 싹싹 핥았다
비가 내리면 흐릿한 초록색 풍경을 열어
양철 물뿌리개 가득 상한 우유를 길바닥에 쫘악 끼얹었고

등뒤 당신의 진한 먹 냄새를 맡았다
욕과 손가락질 돌멩이도 모자 때문임을 알았지만
여전히 하얀 모자를 쓴 채 돌길을 걸었고
사랑했다

3주 만에 모든 묘지가 시체로 가득찼다 이제 관을 짜는 대신 화장터 아궁이를 더 지어야 할 처지 흰 연기가 끊임없이 솟아올랐다 시체에서 나온 물 하수구의 물 늪지의 물 모두 한곳으로 흘러들었고 그 물을 먹고 빨래를 하고 젖을 물렸다 다들 머리에 죽음을 한 양동이씩 이고 살았다

우리는 싱싱하고 단단한 이를 가지고 있었고 부드럽고 깊은 키스를 나누었다
침대에 묻혀 달콤한 혀와 침을 느끼며

콜레라 시대—그것이 두려운 이름인 것은 확실했다 갑자기 찾아와서 갑자기 사라졌다 콜레라 시대가 끝났음을 알리는 불꽃이 밤을 축복했지만 아무도 믿지 않았다 악수가 두려워 손을 내미는 대신 사람들은 머리를 굽히기 시작했다

커피와 달걀 한 개, 담배를 곁들인 식사를 하고
우아하게, 아주 느리게 느리게……

우리는 문명이 바닥날 때까지 흘러다녔다
하얀 모자의 상징—콜레라 시대가 지났지만 우리는 여
전히 모자를 쓰고 있었고
시대착오적 상징—그러나 세상은 상징으로 움직이는 법

웃음은 삼나무처럼 싱싱했으나 전부를 보여주
지 않는 것이 세련이었던 시대 비가 오면 흐린
초록색으로 조금 절망을 아는 얼굴빛으로 표정
이 변하는 도시 비밀을 하나씩 꺼내 불에 던지면
축축한 비밀은 타지 않고 매운 연기가 되어 한숨
으로 변하는 도시

우리는 머리를 굽히는 대신
눈처럼 부드러운 키스를 나누었다
다만 머물 수 없었던 것은……
하얀 모자,
상징의 시대 우리는 하얀 모자를 쓰고 있었다

불한당들의 모험 12

—시곗바늘처럼 한 바퀴 돌아서 다시,

1

모험담, 그런 것을 말해주길 기대하는 나이가 되었구나

변한 나의 얼굴이 낯선 조카를 앞에 앉혀두고 무엇을 말할 수 있을까

누구나 드라마를 가지고 있어 자기만의 책을 펼치면 천 일을 읽기에 충분한 이야기

어린 조카야 너의 말을 듣고 싶다 왜 매번 슬픈 사랑을 하나요

나는 침묵했다

얼굴이 금방 빨개지는 조카는 동생의 손을 잡고 바이바이 손을 흔들었다

나도 손을 흔들었다

멀어지는 아이의 그림자가 점점 길어지고 있었다

이제 너도 누군가의 손을 잡겠구나 나는 너의 이야기를 기다리겠다

2

다시 길을 나서기 위해 트렁크를 열었다

초록색 잎과 갈색 깃털과 물큰한 과일향 새콤한 바다

영원히 내리는 눈을 한 주먹씩 쥐었다 놓았지

무수한 당신과 나 사이의 그림자를 쥐었다 놓았지

그때마다 당신들 앞에 태엽을 감아야 하는 시계를 놓아주었다

다시 길을 나서기 위해 트렁크를 닫았다

달라진 것이 있다면 햇빛 속에 사는 당신을 안다는 것
당신이라는 말—철컹, 거대한 시계가 멈추는 소리

3
눈 한 번 깜빡

구름은 태양의 화살에 찔린 채 낙엽은 바람의 안부를 전하다가
담장의 고양이가 점프하다가 아줌마가 물을 뿌리다가
꼬리를 밟힌 개가 컹 이빨을 드러낸 채
그대로 그대로 멈추었지 망고의 과즙과 소다수 거품이 터지다 만 채
그리고 모습을 보여준 운명이라는 거대한 바퀴
허공에 송글송글 떠 있는 모래알을 쓸어내리며 한 발자국 두 발자국
바퀴살마다 펼쳐진 열두 개의 계절과 열두 개의 별자리
아름다운 지도구나
손잡이가 그새 반질반질해졌구나
익숙한 말로 너희의 이름은 불행과 어리석음이지
바퀴살마다 나의 항로를 새겨놓은 운명이라는 바퀴
익숙한 말로 알 수 없음이지
그리고 나의 나침반이 가리키고 있는 것은

눈 한 번 깜빡

4

당신을 본 순간, 그날 당신이 너무 늦게 왔거나 너무 일찍 왔기에 시간을 맞출 수 없었던 나의 시계는 그만 뱃속 태엽을 토하고 죽어버렸다
혀가 얼얼했다

덕분에 침묵과 진실이 입안에 고였다 당신의 이름을 혀 밑에 열두 달 감추어온 것처럼
덕분에 태양과 달의 궤도를 외웠다 멀어졌다가 가까워지기를 반복하는 연인들의 타원 궤도 같은

5

열두 개의 계절과 열두 개의 별자리가 오르락내리락
나름 아팠다 왜 안 그렇겠는가
나는 또 똑같은 길을 가고 말 것인데
그러나 씩씩하게 콧노래를 부르며 태양을 향해 인사하며 트렁크를 들었다

운명의 항해 키를 돌려 거침없이 험한 항로를 택한 것도 나의 손
매번 슬프기만한 항로를 택한 것도 나의 손
다들 말리지만 이해받기 위해 길을 떠나지 않았다
나침반을 보며, 윙크

2부

벽의 견해

어제, 401호와 402호 사이에 있던 벽이
자정이 넘기 전 스스로의 가슴에 깊은 한 방을 먹이고 주저앉았다
401호의 아가씨는 분홍색 컬링을 말고 있었고
402호의 아내는 잠을 자고 있었고
남편은 메시지를 지우며 살금살금 현관문을 열고 있었고
중학생 아들은 열심히 수음을 하고 있었다
요란하긴 했지만 벽의 최후는 너무나 공평했다
선 채로 차곡차곡 옷을 벗어 내려놓은 듯 제자리를 벗어나지 않았다
자정이 넘기 전 그들은 제각각 자기 일에 열심이었지만
무너진 벽 주위에 있었다
아가씨는 컬링 가닥을 쥔 채 아내는 가슴을 쓸어내리며
남편은 전화기를 들고 아들은 그냥 쭈그리고 앉았다
관리인이 오고 경찰이 오고 구급대원도 왔다 당연히 구경꾼과 함께
그들은 벽의 시체를 어떻게 처리할 것인지 한참을 생각했다

무너진 조각들은 속이 까맣게 변해 있었다
오래도록 끙끙 앓은 냄새가 진동했다

벽이 이따금 앓던가요?
글쎄요, 특별히 아픈 줄 몰랐어요 아내가 대답했다

당신들이 매일 싸울 때 물건을 많이 던졌잖아요
아가씨가 말했다
술 취해서 울음으로 꽉 채운 당신은 어떻구요, 아내는 지지 않고 대꾸했다
이웃집 아가씨한테 그러면 되나, 남편이 끼어들었다
당신이나 매일 일찍 오세요 아내의 목소리가 높아졌다
아들은 슬그머니 뒤로 물러섰다
만화책을 덮어둔 이불을 흘끔거리며

무너진 조각들은 아무런 글자도 남기지 않았다
그러나 타살이라고 할 만한 결정적 증거를 찾기에는 자정이 지났다
다들 졸리기 시작했다
벽에서 물고기 시체라도 나오길 기대했던 구경꾼도 싫증이 났다

경찰은 의사와 관리인과 구급대원의 동의에 따라 다음과 같은 조서를 작성했다

유서가 없는 것, 그것이야말로
벽이 벽다운 견해로 선택한 자살입니다.

401호와 402호 사이에 있던 벽은 자정이 지나자 더이상 벽으로 불릴 수 없었다

버려야 할 시체였고
모두 떠난 다음에도 떠날 수 없는 아가씨와 부부와 아들은
갑자기 넓어진 복판에 시체를 두고 잔다는 사실이 다만 끔찍했다

끔찍했다
서로를 쳐다보는 것도
그래서 그들은 각기 이불을 뒤집어쓰고 등을 돌리고 잠을 청했다

새벽이 오기에는 아주아주 검은 밤이었다
무너진 벽의 속만큼 어둠이 파먹어들어가는 밤이었다

고양이 헨리 4세

겐이치로의 헨리 4세는 냄새가 나서 코를 찢었다
나의 헨리 4세는 검정 차 밑에서 코를 감싸고 울고 있다

태풍이 북상하면서 다트의 눈을 향해 던지는 볼 세 개
나의 헨리 4세는 하얀 호루라기를 목에 걸고 헐렁한 테니스장을 돈다

이제 그만 돌아와 초록색 테니스공은 담장 너머 숲으로 가버렸어
비가 오지 않아 쪽지처럼 접혀진 우산
문짝의 매미 껍질 같은 세월은 그만

검은 밤 속으로 나의 까만 헨리 4세는 사뿐사뿐 걸어갔다
까만 비가 뚝뚝 떨어졌다

나는 헨리 4세가 울었던 검정 차 밑에 들어갔다
나는 헨리 4세가 돌았던 테니스장을 두들겼다

어디 있니, 어디 있니, 초록색 테니스공

숲 이편과 저편에 초록색 비와 갈색 비가 내렸다
사뿐한 원피스 같은 새 우산을 샀다 비가 많이 내려 테니스장에 강이 생겼다

절뚝이며 강물에 발목을 담그고 있는 내게

모든 헨리 4세는 코가 하얀 모습으로 왔다
조금 뚱뚱해진 모습으로 왔다
조금 야윈 다리로 왔다
하지만 하얀 호루라기 목에 걸고 있는 헨리 4세는 오지 않았다

이것 봐, 헨리 4세 나는 조금 웃음을 잃었어
가을에는 경쾌한 공의 웃음이 가득찰 거야

헨리 4세가 기대었던 테니스장의 쇠기둥은 새로 칠을 했다
숲 이편과 저편에 짐승의 털 한 뭉치씩 뒹굴었다

셀프 포트레이트

이제 나는 더이상 바람의 아이를 낳기 위해 기다리지 않아요
우산을 들고 지붕에 앉아 백묵으로 날짜를 긋지 않아요

엄마, 난 바람이 좋아
바람이 너의 머리칼을 빗겨줘서 그렇단다, 기다리렴

그러나 엄마, 엄마가 죽은 날 알아버렸어요
내가 바람이라는 사실을

이게 무슨 냄새야 아침마다 벌컥 창문을 열던 아빠,
내가 밤마다 꿈속에서 춤추고 온 묘지의 냄새를
온 집안에 뿌려놓았어요

어쩌면 좋아, 이젠 다락방에서 잃어버린 구두 한 짝을 찾지 않아도 괜찮아요
구두는 애초부터 없었어요

이곳은 대대로 내려오는 짐승들의 땅
코는 바닥의 냄새를 맡도록 아래로 열렸고

망할, 넌 열성유전자를 긁어모아놨어
소리를 지르던 고모, 사랑해요
돌이 부딪치며 숨겨놓은 불을 토하듯

나는 당신들 털가죽의 부대낌에서 태어났어요

불쌍한 엄마, 나를 위해 갈색 털가죽을 입힌 엄마
얼룩덜룩 털가죽은 헐렁해서 사진 속 나는 두려웠어요
그러나 이제 나는 두렵지 않아요
내가 울었기 때문에 풍향계는 늘 부러졌어요

여행 가방은 필요 없어요 모자 하나면 떠나기에 충분한 시간이 왔어요
지붕 위에 상냥한 에이프런을 널어주세요
빨간 하트가 하나씩 갈색으로 변해가는 것은
명랑한 나의 안부 인사예요

상큼한 나뭇잎이 찰랑거리고 있어요 라임의 바다가 나를 불러요
당신들을 사랑해요 지금은 굿바이, 굿바이, 굿바이

줄무늬 마야

머리에 꽂을 라눙쿨루스 하나씩 고르는 꿈을 꾸는데
고양이 한 마리가 귓구멍으로 꼬리부터 집어넣더니 날름 들어앉았다
나는 벌떡 일어나 허겁지겁 귀를 두드렸다
이봐, 그 안에 있으면 안 돼 거긴 고양이를 키우지 않아
고양이는 대답 대신 고막을 싹싹 핥았다
야옹 라눙쿨루스가 맛있어 보이는구나 향기가 좋아
고양이의 악명은 정평이 나 있다
한 달 내내 멸치만 먹게 만든 사건은 기삿거리도 되지 않는다
얼마 전 날고 싶은 고양이 때문에 옥상에서 뛰어내린 사건은 생생한 화면으로 TV를 채웠다
겁이 난 나는 살금살금 달랬다
난 고양이를 키울 자신이 없어 손가락을 먹어버렸거든
걱정 마 꽃을 먹을 뿐이야
고양이는 꼬리를 털썩 내려놓고 잠들어버렸다
나는 잠들지 못했다
까매진 얼굴로 수의사를 찾아갔다
수의사는 귓속에 불을 비추더니 고양이가 작고 까맣다고 말했다
의사 선생님 이 녀석을 나오게 할 순 없나요
글쎄요 아직 귓구멍으로 발가락을 빼고 흔들진 않잖아요
순 돌팔이, 나는 용처럼 콧김을 토하며 병원 문을 닫았다
고양이가 깔깔 웃었다 안녕 내 이름은 줄무늬 마야야

나는 줄무늬 마야를 위해 아침마다 우유와 커피를 마셨다
『천문학 개론』과 『큐리어스 쿠바』를 읽었다
줄무늬 마야는 꽃만 먹는다고 말했지만 지독한 방귀쟁이였다
방귀 냄새 때문에 자주 깼고 악몽을 꾸기 시작했다
줄무늬 마야는 배가 고프다며 울어댔다
나도 머리가 뾰족해졌다
나는 살찐 돼지들이 똥통에 빠지는 생각만 했다
줄무늬 마야는 숨겨둔 발톱을 꺼내 머리를 긁었다 나는 잠을 자지 않았다
끝이었다 구름 그림자가 지붕을 떠나듯 가버렸다
일어나 오늘 아침은 커피와 우유를 마실 거야
줄무늬 마야가 떠난 귀를 파자 그의 딱딱한 똥과 털뭉치가 나왔다
가을이었고 하늘이 파래서 울었다
며칠 뒤 줄무늬 마야는 라눙쿨루스 한줄기 물어놓고 갔다
발자국 도장과 함께
라눙쿨루스는 말리기에 부적절했지만 그대로 벽에 걸었다
파란 펜으로 큼지막하게 안녕 내 이름은 줄무늬 마야야라고 썼다

스탕달 신드롬 2

1

첫번째 방은 대머리 남자
두번째 방은 안경 쓴 여자
세번째 방은 팔이 없는 테디베어
나는 네번째 방에 산다
복도의 끝에는 꼬마 헬렌의 방

대머리 남자와 안경 쓴 여자는 가발을 썼다가 안경을 벗었다가 콧수염을 달았다가
서로가 처음 만난 사이인 척 매일 방을 바꾸어가며 함께 잔다
변하지 않는 것은 그들이 사랑을 나누는 소리

착하게도 오래된 나의 방은 사각이고 딱딱해
압지 같은 창 하나 걸렸으면 파란 달이 뜰 텐데
나는 뾰족해진 머리를 대신 눕히고 잠이 든다

2

커다란 장미들이 입을 벌리면 길고긴 붉은 지렁이가 한 바가지씩 쏟아져나올 것 같은 밤
헬렌이 찾아왔다
거울 좀 빌려주시겠어요?
헬렌, 난 거울을 가지고 있지 않아
헬렌은 시무룩한 얼굴로 돌아갔다 검은 머리카락을 질

질 끌며

대머리 남자와 안경 쓴 여자라고 불러야 좋을지 모를 커플이 침대를 심하게 흔들어댔다

헬렌은 다음날도 그다음 날도 거울을 빌리러 왔다

거울이 없는 나는 세번째 방에서 팔이 없는 테디베어를 안고 잤다

미안해, 헬렌

3

대머리 남자와 안경 쓴 여자가 보이지 않았다 작별 인사도 없었다

헬렌은 낮 동안 보이지 않았다 무엇을 하는 걸까

날씨가 하얀 종이비행기처럼 화창했다

나는 젖은 몸을 바짝 말리고 싶은 기분으로 트렁크를 들었다

헬렌, 작별 인사를 하러 왔어

나는 핑크색 거울과 테디베어를 안고 있었다

그러나 열려 있는 헬렌의 방은 어둡고 미끈거리는 벽뿐

어디 있니, 헬렌

4

차곡차곡 거울로 지어 올린 헬렌의 방

트렁크에는 가발과 안경과 콧수염
미끈거리는 벽을 따라 헬렌과 대머리 남자와 안경 쓴 여자가 나란히 손을 잡고 웃다가 걸어다녔다가
헬렌이 먼저 달려갔다가 한꺼번에 나오기 위해 차례를 기다리는
거울의 어두운 방
거울의 어두운 방

5
첫번째 방은 대머리 남자
두번째 방은 안경 쓴 여자
세번째 방은 팔이 없는 테디베어
나는 네번째 방에 살았다
복도의 끝에는 검은 머리 꼬마 헬렌의 방

너는

너는 왕이었으나 늙고 절름발이가 되어 차갑게 식었고 너는 다 자라자 자신의 땅을 찾아 떠났다 너는 태양을 한 바퀴 도는 동안 두 번 어미가 되었고 너는 영원한 아기로 곁에서 가르랑거렸다 너는 봄에서 출발했으며 너는 체취로 엮은 빈집을 주었고 너는 가을에서 고꾸라졌다가 겨울에서 뛰어올랐다 너는 투명한 다리를 건너 지붕에서 지붕으로 너의 움직임을 따라 허공 속 숨어 있던 공간이 열렸다 닫히고 톡톡 작은 시간 알맹이가 그 자리에 남았다 너는 말의 초라함과 우스꽝스러움을 가르쳐주었고 발톱을 꺼냈다 넣었다 선선한 사랑을 건네주었다 때때로 발톱에 실밥이 풀리기도 했으나 새 기억은 시간 한 줄을 더 널었다 너는 커다란 형상이면서 수많은 작은 점으로 너를 품은 여기와 거기를 보여주는 너는.

고양이 헨리 4세를 위한 부록

유쾌했던 헨리 4세가 눈을 감고 지내기 시작했다
꼬리가 보라색으로 변해 있었다 불안해진 내가 물었다
우유를 데워줄까 그럼 춥지 않을 거야
까만 헨리 4세는 내 머리카락을 만지작거렸다
괜찮아 돌볼 수 있는 건 너 하나면 충분해
그래서 우리는 나무공 놀이를 시작했다
헨리 4세는 나무공을 물고 나무공은 구석으로 도망쳤다
한 계절은 즐거웠다 나무공이 너무 무거워지자
우리는 다른 놀이를 생각해야 했다
전화기와 초인종은 어떨까 헨리 4세는 고개를 저었다
괜찮아 이제 놀이는 그만해도 돼
나는 나무공을 물어올 수 없어 서글퍼졌다

한밤중 헨리 4세는 이마를 핥아주고 고장이 난 냉장고 속으로 들어가버렸다
엉겁결에 나는 냉장고 문을 막고 한참을 서 있었다
함박눈이 이마에 떨어졌다 냉장고를 열었지만 헨리 4세는 없었다
냉장고 속에도 펄펄 눈이 내리고 쌓인 눈 위로 그의 발자국이 있었다
먼 곳에 더운 김이 나는 강이 흐르고 있었다

아침에 구청에서 냉장고를 싣고 가버렸다
내 가방에는 야구공과 타월과 연어 통조림이 있었다

우리는 덩어리 트럭들을 밀어내고 달리는 길의 오후에서 만났다
헨리 4세는 내 컨테이너에서 잠들었다

헨리 4세가 내게 했던 마지막 말은 무엇이었을까
이마에 함박눈이 떨어졌다
오래오래 눈이 내렸다

달콤쌉쌀한 어둠

어둡고 축축한 물 같은 나의 짝패
춥지 않으면 겨울이 아니듯
나는 나의 웃음을 의심했다

당신을 위해 그렸던 워크 셔츠의 밤
갓 태어난 잎사귀 같은 싱싱하고 비밀스러운 눈의 언어
치장할 줄 모르는 혀가 당신,
이라고 불렀을 때 입을 벌려 혀끝으로 음미하게 하는
당신의 파동,

우리는 세상에서 더러운 관계가 되었다
누가 먼저랄 것도 없이 그냥 정직하게, 더러운 관계

나는 당신의 엄마이고 누이이고 연인이자 친구
당신은 그러므로 나의 사랑스러운 검정
보라와 핑크와 블루의 벽을 핥아 뱉어낸 순도 높은 감정

그러나 엉망인 관계, 항문 속까지 알 만큼 우리는 정직했으나

잔혹하고 슬픈 나의 짝패
어둡지 않으면 옷을 벗지 않듯
나는 나의 침묵을 의심했다

넓은 잎에 두껍게 포개진 먼지 같은 감정
당신이 콧수염을 붙이고 아버지 놀이를 했다면
이마를 깨는 돌멩이 같은 비웃음을 받진 않았겠지
그러나 깨끗한 관계, 그런 것이 있기나 할까

오래된 법전을 뒤적여도 페이지를 넘기는 것은 우리의 손
우리의 그림자는 한 덩어리 절름발이
같은 피를 발자국 도장으로 찍으며 걸어가는 중
누가 먼저랄 것도 없이 그냥 정직하게,

겨울 별자리의 복화술

사람들의 뒤통수에서 튀어나온 나는 그래서
그들이 저만치 가버린 다음에야 악수를 내밀었다
우습지 않은가,

잠든 틈에 취한 태양이 혀를 베어 물고 가버렸다
혀 잘린 산양 같은 목소리가 부끄러워
상자를 뒤집어썼다 변명할 입도 없었지
(손바닥을 뒤집어가며 속삭이는 나무들은 얼마나 자연스러운지)

달빛이 아름다워라, 창문을 열면
빨래집게로 물어둔 사진이 중얼중얼
(까마귀밥으로도 줄 수 없는 말들)

똥을 누면서 한 문장씩 생각해낸다
(꽝꽝 언 달빛이 겨울을 더욱 빛나게 하는 밤,)

척추 끝이 타서 펑 터져버리도록 달리고 싶었다
깜깜한 대포 속 나는 밤을 장식하는 거대한 인간 폭죽
사지를 활짝 벌려 반짝이는 깃털 날개와 스팽글의 환호……

아름다운 혀를 가진 당신의 얼굴에는 얼음 호수처럼 견고한 침묵이 담겨 있다

스케이트 날이 지나가면 피 냄새가 난다
(그래서 당신을 사랑한다)

아주 오래된 과거에 마침표를 찍고
지금을 말하기 위해 서 있는 밤하늘의 다이아몬드

허공에 쓴 차가운 일루전, 그것을 그대들은 무엇이라
하는가

무화과

바람의 신이 마을을 지나고 있었어 자목련 익어 터지던 날 처녀는 꽃점을 치는 중이었지 사랑한다 사랑하지 않는다 아, 사랑한다…… 주문의 효력일까 등뒤에서 속삭이는 목소리 흩날리는 붉은 꽃송이 그녀의 꽃잎도 송두리째 떨어졌어 이별이 올 텐데 입술을 깨무는 그녀 바람의 신은 천천히 그녀를 쓰다듬어주었어

약속은 치마폭에 놓은 수 한 어절씩 바늘에 감겨 한 땀 한 땀 어린 새의 발자국으로 돋아나네 그녀는 머리 위로 푸른 실을 날려 하늘을 조금 박아넣었지 실들이 촘촘하게 내려앉을 때 몇 개의 해와 달도 매어져왔어 또박또박 바늘 끝으로 물어온 긴 봄날 살냄새 박하분처럼 화, 하던 봄밤 바람의 신이 찾아왔어

은하수에서 시작된 세상의 모든 길 가로질러 온 사내야 머리칼은 비단처럼 흘러내리고 엎드린 처녀의 허리에 감기는 바람의 푸른 손길 천 일을 기다릴 수 있을까 바람이 떠난 밤 고운 신발 속에 발을 묻고 물컹한 봄밤에 꽃잎 디딘 발은 타들어가고 그러나 미풍은 다시 불지 않았어 가위는 바구니 속에서 녹슬어갔지

어린 새의 날개는 만들어지지 않았는데 가위를 들고 날개옷을 찢고 바구니처럼 부푼 배는 흔들리지 않았어 처녀는 아무 말도 없이 안으로 방문을 잠갔지 둥근 띠를

두른 거울 속에 반쪽 달이 흐르고 뒤따라온 밤이 거울 안에 갇히는 밤이었어

두드려도 문은 열리지 않고 숨소리도 들리지 않았어 이따금 그 방에서 빈 밥그릇만 나오다가 아예 그도 보이지 않았지 문을 부수고 들어가니 머리카락은 뿌리가 둥글게 휘어진 목과 허리는 몸통이 팔은 가지가 펼친 손가락마다 넓은 이파리들 부푼 배 같은 적색 열매만 바닥 가득 뒹굴었어 꽃은 없고 누구도 꽃을 보지 못했어

그 열매 속 어두운 열매 속 신방처럼 환하게 등 켠 꽃술들

불새

그림자의 아이는 불새를 불러와 여우들이 뒷걸음치며 했던 말 그녀는 돌을 지고 걸을 뿐 달마저 잠이 들면 왕국의 경계목을 따라 돌은 너무 작았고 원은 너무 커서 알아보는 이가 없었지 왕궁의 계단을 따라 몸을 꼬며 흘러나온 썩은 냄새가 기둥을 썩게 했어 때아닌 우박과 죽어간 가축 나무들이 바짝 긴장하고 찬바람에 가진 잎을 모두 내려놓는 계절 굶주린 사람들이 나그네와 자식을 삶아 먹었고 아내와 남편이 서로를 언제 먹을까 생각하며 잠드는 밤 모든 것은 그림자의 아이를 낳은 그녀의 죄 하늘은 잔인하고 아름다운 시간을 열었지 폭풍이 순식간에 왕국을 휩쓸고 약속의 불새가 재가 된 그녀를 품고 떠났어 돌은 차가워져 다시 봉인되고 이야기를 뒤적이면 화려하고 더러웠던 시간이 식지 않은 채 흰 연기를 피우지 우리는 돌을 부딪쳐 불을 찾는데 그녀는 그때 뭐라고 했을까

고양이 구출 작전

담 아래 개처럼 엎드린 눈이 나무 위 새처럼 졸고 있던 눈이

일어선다 스르륵 일어나 걸어온다

여보, 산이 움직여요 무슨 소리야 TV 보게 안경 좀 줘봐

물 발자국 찍으며 오물오물 씹던 껌을 담벼락에 붙여 놓고

녹는다 녹아서 문 밑으로 밀려들어온다

집이 온통 물에 잠긴다

왜 물이 빠지지 않지? 당신, 배관공을 불러봐

그러나 배관공은 굴뚝에 빠진 고양이를 꺼내기에 바빴다

그는 굴뚝의 깊이를 알기 위해 기름 몇 방울을 떨어뜨렸다

야옹야옹 굴뚝을 간질이며 올라오는 고양이의 대답

지하실에는 죽은 쥐가 싹튼 감자와 함께 떠다녔다

변기에 버린 금붕어가 다시 돌아왔다

냉장고 위에 올라앉은 남편이 투덜거렸다 천장이 머리에 닿았다

집을 더 높이 지어야 했어 나란히 앉은 아내가 걱정스럽게 위를 올려다보았다

천장으로 비상구를 낼걸 그랬어요

남편은 TV 안테나를 뽑아 천장을 쿡쿡 찔러본다

이것 봐, 말랑말랑해 차오르는 물을 내려다보던 아내가 벽을 짚어본다

여보, 집이 점점 부풀고 있어요

남편은 냉장고 위 드라이버를 집어 천장을 뚫기 시작한다

당신도 좀 거들어 구두처럼 앉아만 있을 거야?

아내는 냉장고 위에서 그들의 결혼 광고가 실린 신문을 찾았다

신문은 북어처럼 누렇게 잘 말라 있었다

갑자기 아내는 신문을 둘둘 말아 남편의 등과 머리를 패기 시작했다

바보 같은 양반 아야, 무슨 짓이야 아프잖아

남편은 신문 대롱을 빼앗아 휙 던져버렸다

날아간 신문 대롱이 천장을 뚫고 배관공의 엉덩이를 찔렀다

배관공은 갑자기 솟아난 신문 굴뚝을 놀란 눈으로 들여다보았다

배관공과 부부가 반짝 눈이 마주친 순간, 획획획

남편과 아내는 손을 꼭 잡고 집밖으로 튕겨 날아갔다

배관공의 빨간 모자도 날아갔다

그들은 훌쩍 풀밭에 떨어져 아내는 부스스한 머리를 쥐고

남편은 부러진 안경다리를 잡고

돼지 오줌보처럼 쭈글쭈글해진 집을 쳐다보았다

배관공은 발톱에 긁히지 않고 꺼낸 고양이를 안고 있었다

그는 얼굴에 검댕이 약간 묻었을 뿐이다

야옹야옹 고양이의 나른한 윙크

머리통이 도토리 같았던,

우리 열 명의 쌍둥이는 떡갈나무 아래서 술래잡기를 했다 도토리 하나에 맞추어 제각각 나무로 기어올랐지 나무 위에는 열 개의 요람 이불을 머리끝까지 뒤집어쓰고 킥킥 바스락거리며 잎을 들춰보는 술래의 발소리를 기다렸어 그러나 들려온 것은 도끼를 든 아버지의 발소리 망할 놈들 모두 땔감으로 써버리겠다 놀란 우리는 기저귀를 차고 나뭇가지에 매달려 도토리처럼 떨었지 아버지 우리는 열 명의 쌍둥이일 뿐이에요 새알을 주우러 올라왔어요 그러나 아버지는 도끼를 휘둘렀고 나의 형제들은 기저귀를 날개처럼 펄럭이며 하늘로 떠올랐다

하긴 할머니는 열 명의 아버지를 감자 뽑듯 자궁에서 끄집어내 가마솥에 삶아 먹었다 앞도 못 보는 할망구라 한 명의 아버지가 콩알처럼 몸을 굴려 부엌 문지방을 넘어가는 걸 못 보았다

머리통이 도토리 같았던 나는 뿌리 끝에 숨어 나무가 큰 소리로 넘어질 때까지 기다렸다 해가 지고 부엉이가 앉을 의자가 사라져 어리둥절 고개를 갸웃거리는 밤이었다 아버지는 도끼를 베고 코를 골며 자고 있었다 나는 두 발로 일어나 기저귀를 벗어 나뭇가지에 둘둘 말아 불을 붙였다 불이야 나는 고래고래 소리를 지르며 미친듯이 춤을 추며 대문마다 불을 놓았다 아버지는 베고 자던 도끼날에 코를 베이고 망할 놈아 잡히면 죽는다 덜덜거리

는 불구덩 속을 쫓아왔다

나는 달리는 동안 훌쩍 길어졌고 귀를 잡아당기며 뺨이 빨개지도록 때린 것은 바람이었다

발가벗은 몸이 수치스러웠던 것은 떡갈나무 뒤에 숨던, 그때가 처음이었다

파란 뱀과 한철

빌어먹을 연애질,
아름다운 파란 뱀이 사탕처럼 굴리던 말
뱀의 언어는 알쏭달쏭
나는 양볼 호두알을 넣어 볼록해진 다람쥐처럼 머리를 긁었다
기분 좋으면 연애, 기분 나쁘면 연애질일까
빌어먹을 연애질, 영영 잊기 싫은 연애와 같은 뜻일까
파란 뱀은 어둠에 쉽게 몸을 감추지 못했다
지나간 자리마다 문신 같은 슬픔이 진하게 고였다
곧 겨울이 열릴 텐데, 너도 어딘가에서 잠이 들어야 할 텐데
뱀은 긴 혀를 내밀어 조금 추워진 날씨를 읽었다
눈동자가 조금 더 까매졌다
길을 잃은 철새와 고의로 길을 버린 늑대만 남아 있나봐
파란 뱀과 나는 나와 파란 뱀은 찾고 있었다
밤이 한 계단씩 더 차가워질 때마다 뱀은 더 느려졌다 나는 초조해졌다
길에서 잠들면 안 돼, 이번엔 영영 얼지도 몰라
오늘은 세 발자국밖에 움직이지 못한 뱀이 겨우 말했다
괜찮아 난 원래 뱀인걸
젠장 빌어먹을 연애질
무슨 뜻인지 알지도 못한 채 뱀의 언어로 투덜거리면서
나는 삽을 들고 길 한복판을 파기 시작했다
무슨 짓을 하는지 알지도 못한 채 날아오는 돌을 모자

에 담으며
꼭 뱀의 크기만큼 길을 파기 시작했다
아주 느려진 뱀을 엉덩이부터 밀어서 새로 만든 집에
넣었다
목도리를 감아주자 뱀이 막 잠들려던 눈을 떴다
잘 자 계절이 바뀌면 널 다시 보러 올 거야
파란 뱀은 웃으며 눈을 감았다 나는 울면서 눈을 감았다
뱀의 새집에서 파란 냄새가 났다
파란 지붕과 파란 대문과 빨간 우편함을 달아주었다
나는 길 한복판에 줄지어 나무를 심었다
꼬마전등을 가지마다 걸자 연인들이 찾아왔다
손바닥이 헌 나는 그 불빛에 몸을 기대었다
빌어먹을 연애질, 우연히 밟은 얼음이 깨지며 그 속의
너를 만났지
잘 자 계절이 바뀌면 아마 네가 파란 대문을 열고 나올
거야
잘 자 계절이 바뀌면 아마 나는 새 운동화를 신고 마중
나갈 거야
그러므로 지금은 달걀 같은 태양을 삼키는 꿈을 꾸렴

비정형 사춘기

너의 편지를 건조한 화장실에 내려놓고
나는 배꼽을 보며 묻는다

오늘밤만은 온전히 너를 추억할 수 있겠구나

우리의 문법으로 걷기 위해서
신발 가득 철벅철벅 발목에서 흘러내린 피가 고인 채
아픈 줄도 몰랐고
다만 갈증이 있었지

더,
제발

마치 밤의 자식임을 처음 깨닫듯
달 없는 밤에 뿌린 순무처럼 쑥쑥 자라

더러운 머리칼과 찌든 쇠 냄새
화물열차의 먼지 흔들리는 등불의 욕설과 무표정
한 명만 빼고 모두 경로를 이탈한 마라토너들 같은 시절

밤은 부끄러움을 가져가버리고
어디쯤 가고 있는지 모를 어둠을 주었지
위풍당당한 아버지의 다리는 바지의 트릭이었고
어머니의 다리는 등이 굽은 만큼 휘어져 있었다

흐르는 불빛이 다정하게 번지는 왼쪽 얼굴과
흐르는 불빛에 험하게 구겨진 오른쪽 얼굴의 밤들

싫어,
이런 감정

밟히는 것이 말똥이든 누군가의 연민이든
무작정 걷고 달려 마침내 어둠 속에서 네 손도 놓치고
내 목소리도 아득해 혼자 돌아와 밝아오는 새벽에 울고 말았지

양순해진 얼굴로 오물오물 밥을 씹으며
아버지와 어머니의 신발을 가지런히 현관에 놓는 영악함
밤이 비로소 두 손의 부끄러움을 주었어

야옹야옹 문밖 새끼 고양이 울음소리를 못 들은 척
네가 손을 놓았다고 애써 덮으려 했던 그 밤

오늘밤은 온전히 추억할 수 있겠구나
온통 하얗고 검고 붉었던 별들이 있었던 시절을

투명인간의 여행 가방

자고 일어나보면 내가 아는 글자들이 하나씩 도망가 있어요 마카다미아의 카는 ㅏ를 ㅓ로 돌려놓고 냉장고 뒤에 숨어버렸어요 이틀 걸려 제자리에 걸어놓으면 금융감독원의 감독이 야구 모자를 쓰고 TV 위에 앉아 있어요 뚱뚱한 배를 하늘로 흔들며 내게 항의할지도 모르죠 넌 룰도 모르는 빈병이야 톡톡 이마를 두드리며 대답해요 미안해요 이건 1930년대 야구가 아니죠

,라고 말하던 그가 사실은 투명인간이었다
그가 투명인간이라는 사실은 그의 가방이 증명해주었다
뭉쳐진 구름 같은 호텔을 전전할 때 자전거 뒤에 실려
몇 번의 잔기침을 하며 먼지를 털었을 그 작은 가방을 남기고
그는 보이지 않았다
가방 안에는 구멍투성이 사전 노란 가위 때묻은 야구공
늘 붕대를 감고 있던 그는
아침 수프에 몇 개의 낱말을 후추처럼 뿌려넣었다
붉은 굴렁쇠처럼 초록색 공원을 가로질러올 때면 호주머니 불룩 온갖 글자를 담아왔다
테이블 위에 하루의 글자를 털어놓고
손바닥으로 쓸어모으면 사전에 실리지 않은 최초의 낱말이 생기기도 했다
어제, 그는 물에 젖은 라임을 핀셋으로 건져올렸다
시큼함을 잃어버린 채 후줄근해진 라임을 쓸쓸히 바라

보았다

투명한 물병을 주세요 이제 라임은 푸르지 않아요
뚝뚝 울고 있는 걸레를 보세요 척척한 건 누구라도 손대기 싫어해요
하루치의 일기 대신 글자들을 오렸는데 뒤죽박죽 글자들이 내가 하지 않은 일을 증언해요
변명하고 싶은데, 이게 나의 전부예요

비가 발목까지 잠기도록 내리는 날
그가 벗어놓은 붕대는 하천까지 이어져 있었다
진공청소기로 훑어낸 글자들과 구멍투성이 사전을 그의 물병에 담았다
야구공으로 주둥이를 막고 초록색 공원을 지나 더러운 하천에 물병을 던졌다
붕대와 글자들은 문장을 이루었으나 읽을 수 없었다
다시 만나면 뭐라고 인사할까
싱싱한 라임을 준비했어요라고 말할까

숙박계에 그는 손가락을 펼쳐 투명인간, 네 글자를 떨어놓았다

소녀와 소녀

이파리들이 서로의 나침반을 자랑할 때
남십자성은 몇시 방향으로 고개를 돌렸나
다다와 나나는 얼굴을 마주보고
달은 너무 빨라서 굴릴 수가 없잖아
다다는 꽃삽을 들고 벽에 조그만 구멍을 냈다 입김을 불고 까만 씨앗을 묻었다
며칠 뒤 처음 본 잎을 흔들며 까만 나무 한 그루가 창문으로 뻗어나갔다
다다와 나나는 번갈아가며 그네를 탔다
나무가 더 훌륭하게 자라자 다다는 낚싯대를 메고 나무를 타고 달로 갔다
다다는 물고기 얼굴의 노란 열매를 굴려 보냈다
나나는 다다가 보내준 열매를 나무 밑에 묻었다
그러자 뿌리에서부터 노란 강이 흐르기 시작했다
나나는 가지를 베어 배를 만들었다
귀가 없어진 재규어가 손을 흔들었다
나나는 재규어와 함께 배를 띄웠다
나나는 매일 지나온 길을 강물 위에 초록색 잉크로 썼다
초록색 글자는 흐르다가 멈추면서 새로운 지명을 만들었다
빛이 바랜 글자는 돌이 되어 가라앉았다
다다는 강물 위에 노란빛을 비추었다
나나는 마스트에 앉아 재규어의 머리를 쓸어주며 지도를 그렸다

나나와 다다와 가는 먼길

불량 엽서

우리가 서로 한 방씩 먹였을 때
나의 가슴에선 날개 잘린 새들이
너의 가슴에선 영원히 웃고 있는 인형의 머리가 쏟아져내렸다

하늘에는 반딧불이가 처음 보는 별자리를 만들고 있었다

우리의 발밑에 흥건한 피는 그대로 마룻바닥이 받아먹었다
우리는 입맛 다시는 마룻바닥에 진저리를 치며
쾅쾅 발로 짓밟고 떠났지

나는 끈적끈적한 깃털을 쓸어모았고
너는 하반신을 물에 담갔다

하늘에는 반딧불이가 처음 보는 별자리를 만들고 있었다

까만 바다 위로 축제의 등불이 둥실 떠오르고
더이상 너의 목소리가 듣기 싫어 볼륨을 높이며 거울을 깼지만
그래봐야 엄지장갑을 끼고 까진 손바닥을 누를 수밖에

우리는 턴테이블 위 바늘처럼 서로의 이름을 읽었지만
불협화음으로도 부를 수 없는 소음이 뒹굴었다

새는 완구가 아니고 인형은 슬픔이 아니지

밀짚모자를 쓰고
번쩍이는 호밀밭에서 닭의 목을 비틀었다

아무렇지도 않은 척, 가짜 증명서 같은 날들
증오했던 것은 네가 아니라 더 일찍 바늘을 내리지 못한 나의 손

하늘에는 반딧불이가……
처음 보는 별자리를 만들고 있었다

낯설지만 뻔한,

그와 나는 손뼉을 치며 웃었다
파이프 담배를 멋들어지게 피우는 사내였다
나는 칵테일을 홀짝홀짝
즐거운 밤이야 붉은 구두양

　　미러볼에 번질번질한 바닥
　　아, 제발 누군가 컷, 소리를 질러줘

흑백 누아르 저질 연기를, 우리는 서로의 연기를 즐기며 가장 우아한 연기를,
그러나 미러볼이 꺼지면 드러나는 퀴퀴하고 초라한 등뼈들

　　고장난 주크박스 때문에 질리도록 질리도록 제자리에서 돌고만 있는 한 소절 같아,

우리는 익숙한 혀의 놀림으로 알코올 너머 관계의 농도가 얼마일지 잰다
우리는 아귀가 잘 맞았지만 슬슬 버번 잔의 얼음이 녹아 결국 컵에 부딪히는 것처럼 또각,
처음은 흥미롭지만 금방 벗겨질 저질 연기,

　　너도 몇 시간 뒤엔 똥 냄새 풍기며 변기에 앉아 있겠지

붉은 구두와 칵테일의 소품 대신

빨간 모자를 쓰고 소풍을 떠나 종이꽃을 오므렸다 폈다 하던 시절이 내게도 있었다

시시한 마술 도구 같은 유리잔을 돌리는 그를 뒤에 두고 또각또각 걷는 밤

돌고 도는 미러볼의 그림자……

악어의 꿈

해가 쨍쨍한 여름 오후
초고층 빌딩의 거리에 어슬렁어슬렁 초록색 악어가 나타났다
빌딩의 비명을 무시하고 악어는
가장 높고 커다란 철근 구조물 앞에서 턱을 내려놓고 주저앉았다
초록색 피부가 더욱 빛나는 오후였다
구조대와 경찰과 카메라진이 들이닥쳤다
다들 악어의 입이 너무 커서 두려운 나머지 악어에게 말을 붙이지도 못했다
중무장을 한 경찰과 구조대원은
살금살금 둥그렇게 바리케이드를 쌓았다
둥그렇게 눈을 뜨고 TV 화면을 쳐다보았다
악어는 눈만 끔벅거릴 뿐 조금도 움직이지 않았다
취재기자는 초록색 악어가 나타났습니다를 되풀이했다
오후부터 종일 악어 전문가의 인터뷰가 나왔다
그러나 악어가 왜 나타났는지는 아무도 몰랐다
악어는 꼼짝도 하지 않았다
턱을 내려놓고 가만히 눈만 끔벅거릴 뿐이었다
시장과 동물보호협회장이 목에 핏줄이 돋도록 줄다리기를 했다
악어 감시 경찰이 24시간 바리케이드를 지켰다
악어는 아무것도 먹지 않았다
하루이틀이 지나고 바리케이드 너머 악어를 구경했다

악어 프린팅 티셔츠가 머스트 해브 아이템이 되었다
그러던 어느 날 밤, 악어는 몸을 일으키더니 철근 구조물 앞의 동상을 꿀꺽 삼키고 사라져버렸다
악어 감시 경찰도 잠들었던 순간이었다
또 한번 구조대와 경찰과 카메라진이 들이닥쳤다
취재기자는 초록색 악어가 사라졌습니다를 몇 번이고 되풀이해 말했다
둥그런 바리케이드와 악어 감시 경찰들을 화면에서 볼 수 있었다
바리케이드 너머에는 아무것도 없었다
악어 전문가의 인터뷰가 이어졌다
그러나 왜 악어가 사라졌는지는 아무도 몰랐다
해가 쨍쨍한 여름의 일이었다

불 꺼진 메리고라운드

애매한 제스처 대신 대관람차를 향해 눈뭉치를 터뜨리자 불꽃 글자들이 날아올랐다

1: (뒤집힌 액자 속 사진에 함부로 낙서를 했던 당신
잔인한 인사를 하고 싶었다, 피에로처럼)

2: 빨갛게 언 볼 대신 차라리 질투의 튀어나온 입술을 보여다오
내가 할말이 이렇게 많은 줄 미처 몰랐구나

1: (금간 거울 속, 우리는 귀에 입이 붙은 흉한 모습이었다)

2: 너의 바구니 속에는 여전히 녹슨 가위가 담겨 있겠지

롤러코스터 뒤에서 엿보는 검은 나무에 돌을 던졌다 미친 새들이 사방으로 사방으로

1: (우리 둘 사이를 부지런히 털실로 이었지만
초록색 스웨터는 팔이 짝짝이었다)

2: 나의 단어들이 으 아니면 오 중간은 안 되어서
메리고라운드의 오늘밤 너에게 조금 미안하구나

달 속에서 나온 부엉이가 차가운 엽서를 누구의 호주머니에 찔러줄까 뾰족한 지붕을 고르는 밤

1: (질 나쁜 상상으로 무늬를 넣었던 시간은 안녕
우아한 작별은 존재하지 않는 시간을 살 뿐이다)

불 꺼진 메리고라운드는 낡고 칠 벗겨진 플라스틱 덩어리 쇼는 끝났고 바람이 탁탁 엉덩이를 털고 일어서는 겨울,

롤리타 그루피

밴드의 공연에 가기 위해 비행기표 값을 모았지만
절반도 모으지 않았는데 그들이 죽어버렸다
그때부터 두려움이 없어졌다

껌을 딱딱 씹을 줄 알게 되자 당신들이 다가왔어요 담배 줄까 아직 담배는 못 피워요 그러나 앵무새와 함께 서랍 속 담배에 불을 붙인 적은 있어요 누가누가 구멍을 잘 찾나 시합할까 그런 농담에 아직 웃을 줄 몰라요

당신들이 딴마음으로 노래할 때 나는 한 가지 음밖에 내질 못했다
그러자 바보 대신 이기주의자라고 이마를 찔렀다 사실 바보나 이기주의자나
나의 질문에 침묵하는 입 당신들이 무서워하는 것은 무성한 음모

드라이브를 가자구요 미술관에는 못 가겠죠 볼 것 하나도 없는 벌판에서 다리를 벌리겠죠 그전에 이 노래를 부를 수 있나요 난 열여섯 살이에요 극장에 갈 때는 뻰뻰한 얼굴로 스무 살이라 말하지요 매표소 아저씨는 내 눈을 들여다보고 당신들의 얼굴을 읽어요 고개를 돌리며 표를 건네주잖아요

내게 기타를 가르쳐주질 않고 저 혼자 줄을 튕기던 애

인이 있었다
그가 기대었던 벽만큼이나 서늘했던 밤!

오늘은 다리를 모으고 앉아 마리오네트처럼 틱톡틱톡
붉은 입술의 구름을 향해 바이바이

스탕달 신드롬

춤춘다 아버지가 노망나도록 뱀이 문을 열고 들어오도록
꿈꾼다 가느다란 덩굴에서 주먹이 나오도록 검둥개가 주먹을 잘라 먹도록
오줌이 내 얼굴을 적시도록 함부로 젖은 화장실이 점점 좁아지도록

첫번째 방은 늙은 여자와 흰 양
두번째 방은 멜빵 단 늙은 남자가 영원히 계단을 오르락내리락
나머지는 끝이 안 보이는 복도 그래서 무서워

어둠 속에 거울을 던진 날 이후 잊어버렸다
거울이 되돌아와 일러준 것도 아닌데 머리 위에 달아놓은 꽃을 세다가 떠올랐을 뿐
검은 양은 못 일어날 만큼 털이 자라 있었고
늙은 여자는 안경을 썼어도 앞을 보지 못했다
늙은 남자의 계단은 구멍이 뚫려 있었다 그의 엉덩이도 납작해졌지만
여전히 계단에 발을 올렸다

오랜만이야 너도 많이 늙었군 속삭이는 둔탁한 카펫 엄지손가락 들어 알은체하지만
변한 것이 뭔지 모를 복도 그래서 장갑을 꼈다 벽에 걸린 그림을 쳐다보며

다행스럽게도 초상화는 한 편도 걸려 있지 않구나 그런데 빈 액자들은 왜 걸려 있을까

듣고 있니 듣고 있니 거대한 귀 속으로 또박또박 걸어가는 초침 소리

나는 여섯 살 몸에서 한 뼘도 자라지 않은 채 오그라들어간다

시계를 삼키고 수염을 핥고 있는 흰 양이 이번에는 내 머리통을 빤히 쳐다보는 집

스탕달 신드롬 3

탕탕 누가 왔나봐요 대문을 두드리네요
호두 속처럼 오돌오돌한 벽을 짚으며 나무 계단을 오르락내리락
오도독 등뼈 같은 계단 달은 한 계단씩 옮겨 앉아요
문이 없는 저 방에선 돌아가신 엄마의 엄마의 엄마들이 둘러앉아
카드를 돌리며 웃으시고 손가락을 빨며 웃으시고 기저귀에 싸며 웃으시고
호물호물 흩어지는 불빛
나는 네발짐승처럼 기어서 어두운 갈색 계단을 오르락내리락
탕탕 누가 왔나봐요 대문을 두드리네요
나는 늑대처럼 등을 구부리고 그릉그릉
아무도 일어나지 않아요 하얗고 하얀 엄마의 엄마의 엄마들은
그저 웃으실 뿐 빨간 사과 담긴 쟁반을 앞에 두고
밖은 깜깜한 모래 깔린 바닷가
달은 여섯번째 계단에 턱을 괴고 앉았네요
그 문은 열쇠와 자물쇠가 없어요 당신이 진짜 엄마의 엄마의 엄마라면
벌써 저기 앉아 계실 거예요 나는 당신 앞에 조그만 카드 세트를 놓았을 거예요
빨간 사과 한 알 일곱번째 계단에 뱀처럼 올려져 있네요
엄마의 엄마의 엄마의 노래가 출렁출렁 계단을 타고

내려오네요
　호호호 불빛이 흩어지는 이곳은 그러나 당신을 기다리고 있네요

회중시계

시계 두 개를 물려받았지만
어느 나라의 시간을 말해주는 걸까
왼쪽으로 돌아가는 시계 하나
바늘이 없는 시계 하나

왼쪽으로 돌아가는 시계 뒤에는
색색의 털실뭉치가 탐스러운 나무들
아빠 새들이 실을 물어 둥지를 짜고 있었다
엄마 새는 부지런히 거울 조각을 물어 날랐다

거울을 나무 밑에 묻던 날 깨진 조각처럼 우박이 내렸다

바늘이 없는 시계 뒤에는
나무마다 열려 있는 흐릿한 입구
고운 털실 빛 새끼들이 소리도 없이 미끄러져들어갔다

눈도 보이지 않는 할머니는 왜 자꾸 거울을 들여다보았을까

멀리 새콤달콤한 지붕들이 하나씩 돋아나
꿈의 카펫이 천천히 펼쳐지는데

시계 두 개를 물려받았지만
어느 나라의 시간을 말해주는 걸까

싹둑싹둑 시간을 써는 소리도 들리지 않고

야구하기 괜찮은 계절

우아하고 감상적인 오후 4시 사내는 19.44m 흰 줄을 긋고 야구를 한다
탁탁 글러브 안에서 튕겨지는 붉은 태양

가짜 세이브는 이제 그만
빽빽한 일기는 쓰지 않겠어
사진 속 그녀는 장외 홈런볼처럼 우아하게 떠났다
비뚤어진 코뼈 같은 구두를 신고
홈베이스에는 쓸어내야 하는 허튼 약속뿐

도대체 야구가 뭔지나 알아?
스코어를 얻으려면 홈베이스를 밟아야 한다구
그러나 미안하게도 그녀는 야구를 하는 것이 아니었다
나무들만 외로운 외야수처럼 서 있는 것은 아니었다

그림자가 코를 만지며 어서 공을 던지라 말한다
사내는 고개를 끄덕이며 구름의 마운드를 딛는다
사내의 검은 눈빛
야구는 끝나봐야 아는 거야

함께 걸었던 길의 허공에 그리는 스트라이크존
실투가 되어도 마지막까지 던지는 것이 야구에 대한 나의 예의
그림자가 모자를 벗는다

함성처럼 이제 날아가라

점핑 19세

하루, 그녀의 다이어리에는 애인이 분지르고 가버린 립스틱처럼
대책 없는 것들이 적혀 있다

엄마는 왜 나를 하루라고 이름 붙였을까
백일이라고 했으면 애인과 백일을 지낼 수 있었을 텐데
원 나잇 스탠드는 올드 패션이야

하루, 그녀의 다이어리에는 빨강 동그라미만 확실한 사건이다
엄마가 가르친 것도 아닌데 그녀는 생리일을 또박또박 기록한다
식구들의 생일은 빨간 동그라미 마크를 하지 않았다

빨강이 좋아 이왕이면 뚱뚱한 걸로

19세 하루, 껌을 씹었다가 담배를 물었다가
침을 뱉었다가 껌도 뱉어버렸다
호주머니 안에는 주머니칼 대신 작은 거울

난 나쁘지도 않고 아이도 아니야
그런데 왜 애인은 빼꾸기처럼 떠나버렸을까
난 수도꼭지가 아니므로 울지 않을 거야

19세 하루, 그네에 앉아 만지작
뚱뚱한 애인 잘 가버려
네모네모로 이어지는 빈칸에 미래는 투명한 침으로 발려 있을 뿐

이야기의 끝은 왜 항상 과거의 일일까

그 집은 변기가 문제

아침에 남편은 변기에 앉아 안경을 고쳐 쓰다가
문득 중얼거렸다
어쩐지 변기가 막힐 것 같은걸
그는 아내를 불렀다 여보 우리 변기가 막힌 게 언제지?
탁탁탁탁 삐이익 아내는 물 끓는 소리에 정신이 없었다
여보 변기가 막힐 것 같아
아내는 국자를 들고 달려왔다 막혔다구요?
아니 아직 그러나 아내는 주전자처럼 삐익 화를 냈다
당신 때문이에요 당신이 고쳐놓으세요
남편은 여전히 변기에 앉아 생각했다 아직 막히진 않았다구
그렇게 열심히 생각을 하던 도중 변기는 정말로 막혔다
남편은 머리가 막혔다 아내는 머리 뚜껑이 열렸다
화사한 하늘이 가득 펼쳐진 날이었다 밥 먹고 낚시나 가버려요
남편은 벌렁 누워 신문을 배 위에 올려놓았다
신문은 남편을 태우고 둥둥 떠올랐다 국자를 휘두르는 아내가 조그맣게 보였다
야아 근사한걸 구름을 만질 수도 있겠어
여보 빨리 내려와요 아내의 부름에 신문 자락이 펄럭이더니 지붕과 벽을 날려버렸다
가구들이 벌판으로 굴러갔다
다 날아갔네요 변기만 빼고

남편은 안경을 고쳐 쓰고 우뚝 버틴 변기를 뚫기 시작했다

조그맣고 단단한 변기가 몽당연필을 토했다

립스틱을 토했다 양말과 철 지난 고지서를 토했다

남편은 땀을 뻘뻘 흘렸다 여보 뭔가 커다란 게 걸린 것 같아

아내는 줄다리기 선수처럼 남편의 허리를 꼭 싸안고 잡아당기기 시작했다

도대체 변기에 뭘 버린 거죠? 조그만 변기 앞에서

얼굴이 시뻘겋게 변한 두 사람은 끙끙

이러다 바지에 똥을 싸겠어 남편이 소리를 질렀을 때 뻥

커다랗고 빵빵한 물고기 애드벌룬이 튀어나왔다

물고기 애드벌룬은 뒤로 넘어진 부부를 한 바퀴 돈 뒤 천천히 날아갔다

화사한 햇빛을 받으며 몸을 말리는 날이었다

부부는 조용해진 변기를 들여다보았다 조그맣고 하얀 변기 바닥에

달칵 웃고 있는 것은 오래된 틀니 하나

아홉 개의 가을 아이콘

가을, 갈색 잎이 체크무늬 인간의 지도를 지우고 비밀의 문을 열어 보이는 계절

토란이 넓은 잎을 흔들며 서쪽으로 작별 인사를 하고 날아가는 철새의 까만 문장을 해독하기 어려운 계절

검은 강과 갈색 강이 섞이지 않고 흐르고 무거워진 열매를 풍덩풍덩 떠나보내는 나무들이 줄지어 선 계절

빗방울이 또닥또닥 전깃줄에 악보를 썼다가 금세 지우고 받아 적기 힘든 바람의 휘파람만 듣는 계절

척추뼈처럼 밤을 타고 올라가는 은하수의 끝에서 화려한 왕관이 빛나는 계절

당신과 나의 미래는 무엇인가 알록달록 타로의 그림을 짚으며 꿈의 자궁 속으로 들어가는 계절

여덟 개의 트렁크를 들었다가 놓았다가 빈 활주로에서 마음만 풍선처럼 띄우는 계절

가을, 이제 사라질 것들의 마지막 카니발을 위해 기꺼이 내 피를 바치는 계절

명랑한 몽상의 문장이 보내는 아기자기한 키스를 받으며 영영 내 품에 안을 수 없는 계절

스타세일러

볼륨을 조금 낮추고 별들 사이를 항해하던 밤이여
오늘은 검정 벨벳 장갑을 벗으며 어떤 인사를 할까
커다란 개와 모닥불은 비밀스러워
쉴 새 없이 쫑알대는 나와 아무 말 없이 듣기만 하는 당신
(당신의 침묵이 터졌을 때, 슬픔의 초신성을 보는 것 같은 아픔!)

불 꺼진 테니스장 검은 드레스의 내가 달과 캐치볼을 할 때
턱시도의 당신은 자전거를 타고 별의 항로를 따라 밤을 한 바퀴 돌고 왔다
(짝패가 될 수 있었던 것은 서로의 트렁크 무늬가 똑같아서였다)

뭐랄까, 순수한 핑크를 사랑하게 되어버렸어, 처음인걸
트렁크 안에는 스커트도 구두도 우산도 뽀송뽀송한 핑크
(아, 당신의 타월 베이비블루도 한 장 있구나)
하이틴 만화 같은 여행이 시작되었으나
사실 우리는 깊고 깊은 검정을 사랑했다 뱀처럼 긴 혀로 끝없이 감고 감기고 싶을 만큼

나는 쫑알대고 당신은 듣는다
엄지손가락과 새끼손가락 사이의 블랙홀을 두려워하

는 이상
  나의 별자리는 수다쟁이 플라밍고, 당신의 별자리는
  그러나 단단하고 짧은 당신의 항해 일지는 신비롭다

명심할 것, 우리는 이미 죽은 별들 사이를 항해한다

계절은 9월에서 12월로 우리의 항로는 조금 왼편으로 궤도를 잡았다
웃음이 터지는 은행알이 깔려 있고 염소좌가 금화를 뿌려주는 항로를 따라
우리를 둘러싼 것은 진행형의 또다른 별들

푸른 자전거를 탄 당신이 다가오기 전에 어깨까지 올라온 글로브가 흘러내리기 전에
시작이자 끝인 검정을 사랑한다고 말한다
(죽은 자가 없는 집은 없어 쓴맛을 빨아대는 건 이제 그만!)

우산 끝으로 보도를 두드리며 내일 밤 쏟아질 유성우를 맞으러 가자
오늘은 볼륨을 조금 높이며 다시 키를 잡을 우리에게
우리가 우리에게 축복의 입맞춤을,

문학동네포에지 029

검은 고양이 흰 개

초판 인쇄 2021년 7월 23일
초판 발행 2021년 7월 31일

지은이—곽은영
책임편집—유성원
편집—김민정 김필균 김동휘 송원경
표지 디자인—이기준 백지은
본문 디자인—이주영
마케팅—정민호 김도윤
홍보—김희숙 함유지 김현지 이소정 이미희 박지원
제작—강신은 김동욱 임현식
제작처—영신사

펴낸곳—(주)문학동네
펴낸이—염현숙
출판등록—1993년 10월 22일 제406-2003-000045호
주소—10881 경기도 파주시 회동길 210
전자우편—editor@munhak.com
대표전화—031-955-8888 / 팩스—031-955-8855
문의전화—031-955-3576(마케팅), 031-955-8865(편집)
문학동네카페—cafe.naver.com/mhdn
트위터—@munhakdongne
북클럽문학동네—bookclubmunhak.com

ISBN 978-89-546-8009-7 03810

www.munhak.com

문학동네